NOTRE-DAME

DE MONTBRISON

PAR MICHEL BERNARD AÎNÉ

MONTBRISON,
IMPRIMERIE BERNARD.
—
1859.

NOTRE-DAME

DE MONTBRISON.

NOTRE-DAME

DE MONTBRISON

PAR MICHEL BERNARD AÎNÉ

MONTBRISON,

IMPRIMERIE BERNARD.

1859.

NOTRE-DAME

DE MONTBRISON.

Première Partie

Beatus vir qui timet Dominum.

Heureux celui dont le cœur plein de foi
Sait du Seigneur garder la sainte loi;
Que les grandeurs et que la flatterie
N'enivrent point, que n'aigrit point l'envie.

Sa charité, comme un baume odorant,
Vers le blessé, vers le faible s'étend;
Auprès de lui, le juste trouve un père,
Et le méchant redoute sa colère.

Comme les dons présentés par Abel,
Ses soins pieux plaisent à l'Eternel;
Sur cette terre il laisse sa mémoire,
Et des élus il obtiendra la gloire.

Le Forez.

Quelle heureuse province, ô pays de Forez,
L'emporterait sur toi..... Dans tes riches guérets
Ondulent les épis, sur le chaume flexible,
Et la Loire, à la fois et propice et terrible,
Te laisse les tributs de ses antres profonds,
Dépose sur ses bords de fertiles limons (1),
Où dans ses flots grondants au milieu de la plaine,
Porte du marinier la fortune incertaine (2).
Sur tes riants coteaux mûrissent les raisins,
Dans tes monts ombragés de fayards, de sapins,
D'innombrables troupeaux peuplent tes pâturages,
Croissent pour tes festins, te donnent leurs laitages (3).
Plus loin la terre s'ouvre, et comme des volcans (4)
S'échappent les trésors que recelait ses flancs.
D'habiles ouvriers te forgent des armures (5),
Bientôt d'agiles mains ourdiront ces parures (6)
Qu'aime la châtelaine, à l'égal des joyaux.
Tes chevaliers sont preux, tes villes, tes châteaux
Sont forts et bien munis; mais où donc est le temple,
Où le comte et les grands donnent d'en haut l'exemple,
Pour tous ces dons, ces biens, en cœurs reconnaissants,
Vont rendre gloire à Dieu, lui porter leur encens,
Dans ces solennités, grandes, religieuses,
Où s'unissent les chefs et les masses pieuses (7) ?

La Joie au Ciel.

Mais le Prince déjà, dans ses vastes projets,
Répond à cette plainte, et rend vains ces regrets.
On croit voir dans l'éther des voûtes azurées,
Les séraphins portés sur leurs ailes dorées,

Dans leurs mains agitant des luths aux sons divins,
Planer sur le Forez, et bénir les desseins
Du jeune et noble chef de qui l'âme pieuse
Signalera la foi, dont l'œuvre généreuse -
Méritera le trône où Dieu l'a fait asseoir.
Après l'orage ainsi, dans le calme du soir,
Aux yeux du laboureur apparaît l'éphémère,
Présageant par ses jeux un lendemain prospère (8).

Montbrison.

Sur le volcan éteint s'élève Montbrison (9),
De la mère de Dieu la modeste maison (10)
Remplace les autels consacrés aux mensonges
Du culte de Briso, la déesse des songes (11).
Auprès de la chapelle, un immense palais,
Un donjon élevé, des tours, des murs épais
Annoncent fièrement la demeure comtale,
Et des Foréziens la jeune capitale (12).
Mais la ville déjà, dépassant ses fossés,
Comme un torrent grossi, coulant à flots pressés,
Descend de la colline, et rejoint les rivages
Où l'humble Vizézy, caché sous les ombrages,
Semble, pour faire place aux monuments nouveaux,
Lui-même rétrécir le bassin de ses eaux (13).

Fondation de l'Église.

Du rivage opposé la vaste solitude
Respire un air de calme et de béatitude.
Le jeune comte Guy (14) repassant en son cœur
De ses nobles aïeux les actes pleins d'honneur ;
Imitant leurs vertus, leur religieux zèle,
Pour remplacer l'étroite et modeste chapelle

Qu'enferme le château, veut bâtir en ces lieux
L'église consacrée à la Reine des Cieux,
L'église du Forez, à la fois grande, digne
Du prince fondateur, d'une patronne insigne
Dont le nom vénéré, par un charme divin,
Sous l'aile de la mère attire le poussin,
Et comme un phare, au loin, indiquant le rivage,
Rappelle aux cœurs pieux l'espoir et le courage (15).

Le comte entreprend l'œuvre, y jette ses trésors,
Un conseil de prélats approuve ses efforts (16),
Et le temple bientôt, de la terre s'élance,
Déroulant le tracé de son pourpris immense.

Mais la voix de l'airain retentit dans les airs (17)
Et descend des clochers en gracieux concerts.
D'un soleil radieux l'éclatante lumière
Semble pour une fête avoir paré la terre,
Sur deux files rangé s'avance un peuple entier :
Pauvre, vassal, soldat, bourgeois et chevalier,
En frères assemblés et l'âme recueillie,
Oublient sous la croix les luttes de la vie.
Puis viennent le clergé, les lévites nombreux,
Les hôtes des moutiers, de saints religieux,
Les chanoines gardiens de l'église nouvelle,
Le doyen, les prélats dont la mître étincelle.

Guy quatre.

Guy quatre enfin paraît, et son front rayonnant,
Bien mieux que la barette et son riche ornement
Annonce la grandeur, fait connaître le prince,
Le noble bienfaiteur de sa chère province.
Un épais baudrier où brille le dauphin,
Soutient la lourde épée où se porte sa main.
Les plis de son manteau d'écarlate et d'hermine
Décèlent les contours de sa large poitrine,

Et de son pas géant le pacifique essor
Fait résonner les dards de ses éperons d'or.
Auprès du comte Guy, comme au pied du grand orme,
Pousse le rejeton, qui sur le tronc énorme
Dessine les festons d'un verdoyant rameau,
Marchent ses jeunes fils, Guy cinquième et Renaud,
Destinés tous les deux à porter la couronne.
Une nombreuse cour les suit, les environne :
Après les grands vassaux sont de preux écuyers,
Le grave châtelain, les prudes conseillers
Chargés de prendre soin des affaires publiques
Ainsi qu'était l'édile aux époques antiques (18).

Cependant le cortége enfin est arrivé,
Autour du monument par le comte élevé ;
Ainsi qu'une nombreuse et pacifique armée,
Se constellant des feux de la cire allumée,
La foule couvre au loin les prés et les sillons,
L'encens fume et s'élève en calmes tourbillons ;
Des cantiques sacrés la grave mélodie
Célèbre du Très-Haut la grandeur infinie,
Apporte la prière à son trône éternel,
Puis, le calme se fait, un calme solennel.....
Un prêtre dominant cette pompe royale,
Sanctifie et bénit la jeune collégiale........

Pour consacrer ce jour, dire aux siècles futurs,
Comment fut élevé tout ce monde de murs,
Une pierre d'honneur, où le ciseau rappelle
Qu'au temps de Louis neuf, le roi juste et fidelle,
Du pays de Forez, le Comte généreux
Erigea Notre-Dame, à ses hôtes pieux
Donna l'antique Moind, la dîme de Verrières,
En fidèle témoin, parmi les autres pierres
Se dresse au fond du chœur, sous la petite main
Du tendre rejeton que l'ordre du destin

Désigne pour porter la couronne comtale,
Et qui vient présenter l'offrande virginale
A la Mère sans tache, à Jésus Enfant-Dieu,
Dont le groupe divin protégera ce lieu.

Ainsi du comte Guy, l'œuvre est inaugurée :
Bientôt auprès des murs de l'enceinte sacrée,
Il accorde un asile au pauvre, au souffreteux,
Le foyer du repos au vieillard malheureux (20),
Et sa main où brilla le glaive des batailles
Dont les coups, tels qu'un glas d'immenses funérailles,
Jetant chez l'ennemi le désordre et l'effroi,
Pour les peuples de France et leur glorieux roi,
Etaient comme l'écho des hauts faits de Bouvines (21),
Sa main, obéissant à des règles divines,
Partout fait ressentir sa large charité,
A l'église, au moutier, sa libéralité.
Mais ce n'est point assez pour le généreux prince ;
A ses heureux vassaux, dans toute la province
Il assure un appui par d'équitables lois,
Des hommes afiranchis il leur donne les droits,
Et proclamant pour eux sa charte paternelle (22),
Les convie au banquet de la bonne nouvelle.

La mort pouvait venir frapper l'homme de bien,
Comme un preux chevalier, comme un zélé chrétien,
Guy quatre avait rempli son grand pèlerinage,
Dans la sainte-chapelle où reste son image (23),
Dans cette vieille ville, objet de son amour,
Son âme descendant du céleste séjour,
Doit venir quelquefois écouter la prière
Des générations dont la frêle poussière,
A peine hors du néant, à peine hors du berceau,
S'amasse et se disperse autour de son tombeau :
Oh ! puissent mes accents et ma louange infime
Monter vers lui, sourire à son ombre sublime,
Raviver dans les cœurs, porter à l'avenir
De ses grandes vertus le juste souvenir.

NOTRE-DAME

DE MONTBRISON.

Deuxième Partie.

Les Ouvriers à l'Église.

Comme dans la forêt s'élèvent en faisceaux,
Les chênes, les fayards, dont les vastes arceaux
Viennent se réunir dans leurs clefs de verdure ;
A Notre-Dame, ainsi, le grès, la pierre dure
Semblent jaillir de terre, en colonne, en pilier.
La matière soumise aux mains de l'ouvrier
Monte s'épanouir dans les fleurs magistrales (24)
D'où surgit l'arc-doubleau des voûtes ogivales,
Et s'arrondit en tore, et se creuse en congé
Vers la baie au sommet en lancette allongé
Où le soleil viendra tamiser sa lumière
Dans l'or et les rubis d'une riche verrière.

A cet œuvre imposant, aux contours sérieux,
S'ajouteront bientôt des détails merveilleux ;
L'art s'agite, écartant le frein qui l'emprisonne,
Et du maître, penseur, l'idéal qui bouillonne,

D'une sève mystique animant ces travaux,
Pénètre dans les blocs sous l'effort des ciseaux,
Sème les murs, le faîte et leurs vastes membrures
De clochetons aigus, de fleurons, de figures,
Festonne l'ornement, les surgeons recourbés
Qui bordent l'arcature aux cintres trilobés.

Le moyen âge.

Pour finir dignement cette immense entreprise,
Les descendants du comte, à la nouvelle église,
Conservent leur appui, leurs bienfaits incessants.
Leur exemple fécond, la ferveur de ces temps
A la sainte-chapelle où tendent leurs largesses
Font affluer encor de nouvelles richesses.
Alors chacun voulait faire la part au Ciel,
Pour acheter les biens du séjour éternel.
Bravant d'affreux périls, des misères lointaines,
Au pied du musulman, à d'odieuses chaînes,
L'aventureux croisé dispute les saints lieux ;
Sur les dalles du cloître, aux murs silencieux,
Le moine agenouillé remplit par la prière
Les heures sans soleil de sa journée austère ;
Aux cailloux des sentiers, le pauvre pèlerin
Meurtrit ses pieds lassés d'une marche sans fin,
Et le mondain aussi, veut par la pénitence,
Et par ses dons, gagner la suprême indulgence.
Ainsi l'homme pieux, le riche au lit de mort
De l'église comtale accroissent le trésor.

Cependant au milieu de ce prodige insigne,
Où chaque siècle a mis et son art et son signe,
D'autres riches joyaux sont aussi rassemblés,
Et par d'autres grandeurs les peuples appelés
Accourent aux parvis du nouveau sanctuaire.
Les reliquaires d'or, les restes qu'on vénère,

Les vestiges sacrés des saints et des martyrs,
Encourageant au bien par de grands souvenirs,
Semblent comme entourer la châsse précieuse,
Nouveau palladium pour la ville pieuse,
Où repose le corps de son fils glorieux,
Le modèle chrétien, Aubrin le Bienheureux,
Avec d'humbles habits, la tête couronnée,
De la mitre du saint, du primat Irenée (25).
Mais quel chant grave et pur commence dans le chœur ;
Les voix semblent d'abord prier avec douceur,
Puis elles vont frapper les voûtes frémissantes....
Ecoute, Jéhova ! ces voix reconnaissantes.
Ton souffle a dispersé les étrangers cruels
Dont le fer opprimait la cité, les autels ;
Les peuples délivrés s'abritent sous ta gloire,
Et ce chant triomphal célèbre ta victoire (26).

Ces pompes, ce concours du collége pieux,
Par Guy, le fondateur, assemblé dans ces lieux,
Apportent à l'autel un éclatant hommage,
Où les Foréziens offrent comme en ôtage
Pour garants éprouvés de leur loyale foi,
Ceux qui, d'honorer Dieu font leur suprême loi ;
La vertu de ces clercs, leur savoir, leur prudence,
Leur méritent aussi le renom, la puissance ;
Le prince leur demande un avis écouté ;
Dans leur sein, il choisit les juges du comté,
Vers leur cloître, au chevet de la sainte-chapelle,
Il vient édifier sa tente solennelle (27).
Le logis des grands jours dont ses dauphins dorés
Semblent garder encor les lambris effondrés
Lorsque la main du temps, les hommes, les orages,
Ont sur le monument imprimé leurs outrages.

Hélas ! si nous voyons les œuvres de nos mains,
Déchoir obscurément dans d'étranges destins,

Ne durer qu'un instant, crouler comme l'argile,
La fortune de l'homme est encor plus fragile.
Je cherche vainement dans leur vaste palais
Les fils de ces grands chefs qui, sur notre Forez,
Ont trois siècles durant étendu leur puissance;
A qui semblait promis un avenir immense,
Une suite sans fin de leurs prospérités,
Et d'une juste gloire, et d'honneurs mérités.....
Sous les perfides coups d'une phalange impie, .
Au combat de Brignais leur sève s'est tarie (28),
Et déjà l'héritier arrive vers leur seuil,
Et l'écu de Bourbon se place sur leur deuil.

Pour cet illustre maître, un nouvel héritage,
N'est qu'un. fleuron de plus à son riche apanage,
Et le Forez n'est plus comme un Etat comtal,
Le pays bien aimé, le foyer familial.

Du prince cependant la faveur paternelle,
Vient soutenir encor sa province fidelle ;
Il veille, je le vois armé pour ses sujets ;
Sous l'effort de son bras les bataillons anglais
Trouveront dans nos champs un vaste cimetière (29),
Où l'impassible mort fait verdir le suaire
Qu'elle étend comme un rets sur les chefs, les soldats,
Ensemble confondus dans un commun trépas.
De solides remparts, des tours aux fières cimes.
Des fossés où le pic a creusé des abîmes,
D'un insolent soldat défiant la fureur (30),
Entourent la cité d'un cercle protecteur.

A l'abri de ces murs, notre église s'achève,
Le portail se fleurit et le clocher s'élève.
Tel un rocher géant parmi les autres monts
Dresse son obélisque, où de jeunes aiglons
Paraissent se jouer au milieu de la nue.
Ainsi notre clocher de loin s'offre à la vue ;

De la maîtresse tour, les quatre larges flancs
Encadrent leur granit de contre-forts puissants,
D'hôtes aériens sa tête est cantonnée,
Et par la double arcade à la clef blasonnée,
Elle laisse tomber les notes de l'airain,
De l'orbe où le balance une robuste main.

La Légende d'Œcotay.

Dans le concert du métal qui résonne,
Le bourdon roi, *Sauve-Terre* a bondi;
Cloche d'argent (31) comme un orgue qui tonne,
Sous le marteau, ton clavier arrondi
Semble chanter la devise fleurie
Qu'on voit saillir à ton brillant manteau :
« Que ma voix loue et le Christ et Marie,
« Et tous les saints. Peuples pour le tombeau
« Qu'elle rappelle une larme pieuse,
« Et que du Ciel, conjurant le courroux
« Elle dissipe et la nue orageuse,
« Et les fléaux qui s'avançaient vers vous »...

Aide nous donc, car la tempête
Déjà se tourmente au Ponant
Et vers la cité vient tonnant
Troubler une pieuse fête.

NOEL.

Encore un peu de temps, et l'heure allait sonner,
Où l'humble Bethléem sembla se couronner
De l'astre précurseur d'une lumière immense
Qui du Sauveur du monde annonça la naissance,
De loin je vois le mage apporter ses présents,
Son or et ses parfums, son précieux encens ;
Vers la crèche, j'entends les doux concerts des anges,
Le concours des bergers, leurs rustiques louanges,

Et plus près la férie, et l'hymne solennel,
Et le peuple joyeux chantant déjà Noël !
Autour du gai foyer, à la largeur antique,
La famille se tient comme sous un portique (32)
Surveillant les apprêts du bienheureux festin
Qui suivra le retour de l'office divin.

LE MARCHAND.

Une seule maison, à la tristesse en proie,
Ne saurait prendre part à la commune joie.
Pourtant c'est le logis de ce riche marchand
Dont le calme bonheur paraissait si constant.
Quand à l'heure du soir, à la lampe allumée,
L'Angelus récité, la porte bien fermée,
Il comptait ses profits augmentant tous les jours,
Quand il énumérait ses draps fins, ses velours,
Et ses tissus soyeux, ses étoffes dorées,
Dans un large bahut soigneusement serrées ;
Il en était bien fier, et ses voisins jaloux,
Enviaient les trésors gardés sous ses verrous.

Aujourd'hui, cependant, quand la nuit est profonde,
A l'huis resté béant, que la traverse inonde (33)
D'heure en heure on attend le maître de ces biens,
Qui devrait dès longtemps être au milieu des siens.

Sans cesse vigilant, à l'heure de matines,
En gourmandant sa mule, aux allures mutines,
En maugréant le froid dont l'aiguillon piquant
Pénètre le bureau de son vieux balandran,
Il s'est acheminé par les ravins, les sentes,
Les sapins, les genêts et les sauvages pentes
Qui mènent à l'Auvergne, ainsi que des degrés,
Offrir ses camelots, ses ornements sacrés,
Au docteur envoyé par messieurs de Lyon,
Depuis peu, pour régir l'église d'Ennemond (34),

Il avait tout vendu, mais longue fut là lutte
Avec le bon curé, qui pied à pied dispute
A son rusé vendeur quelque blanc ou denier.
Si bien que, comptes faits, le coup de l'étrier
Largement savouré, mais sans rompre vigile,
L'ombre déjà couvrait le chemin difficile
Où notre homme attardé descendait soucieux
Quand les tours d'Ecotay parurent à ses yeux (35).
Alors le Ciel bien noir, et les voix des Cévènes (36),
Semblaient le menacer par des rumeurs soudaines.
Au village, on l'arrête, et le tabellion,
Oracle bienveillant, voudrait en sa maison
Le garder à l'abri du gros temps qu'il présage ;
Mais en vain on insiste, en vain gronde l'orage,
Le marchand veut d'abord s'éloigner du routier
Qu'on a vu du baron affronter le pilier (37) ;
D'aller mettre en lieu sûr, son or, le temps lui dure ;
Il rassure son monde, et pousse sa monture.....

Laissant sa course achevée à demi,
Eût-il mieux fait d'écouter son ami,
Et de gîter ce soir dans la chaumière
Qui, devant lui, s'ouvrait hospitalière ?

LA TEMPÊTE.

A peine, il s'est tiré du gué de Cotoyat,
L'ouragan furieux déchire avec éclat
La voûte de vapeurs qui descend des montagnes,
La neige s'en échappe, et blanchit les campagnes.
Rares, légers d'abord, et dans les airs flottants
Bientôt d'épais flocons se pressent par torrents,
Confondent le chemin, la pente redoutée,
Les rochers et les champs en lice tourmentée
Qu'une sinistre nuit recouvre de son deuil,
Où chaque pas conduit vers un choc, un écueil.

A travers ce cahos, comme en un mauvais rêve,
Le pauvre voyageur, dans un combat sans trêve,
Pour regagner ce toit, qu'il voudrait tant revoir,
Contre les éléments lutte avec désespoir,
Sans trouver de jalon, sans découvrir de trace,
Sans mesure du temps qui longuement se passe.
Cependant, gouverné par de secrets instincts,
De l'objet de ses vœux ses efforts incertains
Semblent le rapprocher, et déjà, des collines
Où l'Olme bâtira ses modestes chaumines,
S'il avait pu sonder l'horizon ténébreux,
De Noël, dans la ville, il aurait vu les feux.
Mais alors l'aquilon redouble de furie,
Et roule en mugissant sur la terre meurtrie,
La neige en tourbillons, les débris des forêts,
Que son souffle secoue ainsi que des jouets,....
A ce nouvel assaut le voyageur succombe,
Dans un creux de rocher, comme dans une tombe,
Sa monture s'abat, il reste renversé.....
Ainsi donc finiraient dans ce gouffre glacé
Son entreprise vaine et ce triste voyage,
Où se sont épuisés tant d'efforts de courage.
Que lui sert maintenant d'avoir gardé son or,
Rien d'humain ne saurait le sauver de la mort ;
Il sent dans le désert de sa froide agonie,
S'éteindre dans son sein le foyer de la vie,
Et la neige s'accroît, et comme un flux fatal
L'a déjà recouvert du voile sépulcral.

Et lorsque des autans les puissantes haleines
Feront couler la neige aux ruisseaux de nos plaines,
Par son chien appelé, le pâtre épouvanté,
Trouverait vers le pied du rocher écarté
Du pauvre voyageur la dépouille mortelle,
Où le temps aurait mis sa souillure cruelle.

VENI FORAS....

Mais la cloche d'argent,
Dans la tour de l'église
Modulait en sonnant
Le chant de sa devise.

Et sa voix, au lointain,
Sous la neige épaissie,
De l'homme du ravin
Rompait la léthargie.

Elle lui rappelait
Le consolant vocable
De l'église où parlait
La cloche secourable.

De ce soudain appel
La suprême assistance,
Au refuge éternel
Guidait son espérance.

Alors l'homme vers Dieu
Elevait sa prière ;
Il murmurait un vœu
A la divine mère (38).

Et de ce vœu naïf
L'offrande était reçue,
A ce pauvre captif
La vie était rendue.

Et Lazare nouveau,
Soutenu par les anges,
Il quittait son tombeau,
En secouait les langes.

La tourmente cessait,
Le ciel ôtait ses voiles,
La ville paraissait
Aux clartés des étoiles.

La mule veut marcher,
Son sabot qui piétine
Laisse un creux au rocher,
Un nom à la ravine.

Le bâton du marchand
Y grave aussi sa marque,
Le sceau que le passant
Sans le vouloir remarque (39).

Bientôt le voyageur,
Guidé par Sauve-Terre,
Arrive avec ferveur
Au temple tutélaire.

Il dit aux siens, aux clercs,
A la foule pieuse,
Les maux qu'il a soufferts
Leur fin miraculeuse.

Glorifiant de Dieu
L'éternelle sagesse,
L'église admet son vœu,
Consacre sa promesse.

Et longtemps la cité
Vint aux anniversaires
De son vœu respecté
Par la foi de nos pères (40).

De nos jours, au vieillard
Qui connaît la légende,
Au foyer, sur le tard,
Encor on la demande.

Et la cloche d'argent
Chante encor la devise
Qui sauva le marchand,
De la tour de l'église.

NOTRE-DAME

DE MONTBRISON.

Troisième Partie.

François premier.

RÉUNION DU FOREZ A LA COURONNE.

Sous le poële blanc richement festonné,
Où resplendit dans l'or un chiffre couronné,
Qui donc si fièrement, vers le Cloître s'avance ;
Est-ce donc un mortel que cette foule encense ?
C'est le roi que Bayard a créé chevalier,
Le front couvert encor du précoce laurier
Des jours de Marignan, éclairé de la gloire
Que malgré ses revers, garde dans la mémoire
L'émule du Toscan dont Rome prend les lois....
Aujourd'hui, de nos murs, ainsi que d'un pavois,
Il commande au Forez, il semble reconnaître
Les sujets du comté dont il s'est fait le maître (41)
Autour de lui je vois la reine et ses enfants,
Un monde diapré d'officiers et de grands,

Les consuls du pays, le sénéchal d'Agène,
D'Urfé, l'ambassadeur (42), le bailli capitaine,
Dirigeant ses penons en guerriers accoutrés,
Les notables bourgeois de beaux habits parés,
Et puis comme une mer, qui, de son flot humain,
Ou bruissent la trompe et le sourd tambourin,
De la porte Saint-Jean à l'église comtale,
Et retarde et grossit cette marche royale.

Du château dédaignant le gothique séjour,
Le Roi, dans le beau Cloître arrête enfin sa cour,
Et son logis, hier, austère et pacifique,
S'illumine déjà d'un éclat féérique.
Mais le maître, avant tout se montre soucieux
D'accomplir des desseins et des devoirs pieux,
Il veut, pour bienvenue, abriter Notre-Dame,
Dans les plis protecteurs de l'antique oriflamme ;
Dans le temple inondé d'harmonieux accords,
Où le peuple pressé se range avec efforts,
Le Roi vient se parer de l'aumusse comtale
Du chanoine patron de cette collégiale ;
Il arrive à son trône, et courbé vers l'autel
Il suit les rites saints du martyre éternel ;
Il s'unit à la foule, il prie, il s'humilie ;
Puis il donne à l'église, où son pouvoir s'allie
Au pouvoir patronal, les faveurs et les droits
Qui la mettent au rang des églises des rois....

Celui qui donne ainsi des droits, des privilèges,
Est-il le même roi, dont les mains sacrilèges,
Abusant et du sceptre et du bâton d'abbé,
Livrèrent au creuset le métal dérobé
Au tombeau d'un grand saint, au riche sanctuaire
Dont l'antique Touraine est pieusement fière ?
Il voudrait maintenant laisser à l'argentier
Les torts de l'abbé-roi, dépouillant son moutier ;

Car, dit-on, l'Euménide aurait, dans son caprice,
Choisi ce souvenir pour en faire un supplice,
Et tourmenter le prince, aux heures du malheur,
Aux nuits où l'insomnie agite sa lueur (43).

Mais qu'auraient fait ici d'importunes pensées,
L'ouragan du plaisir les a déjà chassées,
La viole d'amour et les hautbois joyeux
Aux splendeurs de la fête appellent des heureux,
Tandis que de Bourbon la gigantesque épave,
Ravie à ses neveux, orphelins que l'on brave,
Va grandir les contours de ce manteau royal
Qui couvre peu à peu tout le sol féodal.

Le Connétable.

Eh ! pourra-t-il aussi, par ces fêtes bruyantes,
Guérir et la misère et les douleurs saignantes
Du pays excédé par d'énormes impôts,
Ravagé, dépeuplé par les hordes fléaux (44).
Pourra-t-il étouffer le bruit du grand naufrage
De celui dont on prend aujourd'hui l'héritage (45).

Héros qui noblement supportait de sa main
L'épée à manche d'or ceinte par Duguesclin (46) ;
Qui semblait rappeler par sa grande figure,
Calchas dans les conseils, Hector sous son armure,
Et que le vent des cours, par son souffle infernal,
A poussé loin des siens vers l'abîme fatal
Où le preux succombant au poids de l'injustice,
Alla mourir sans gloire, abreuvé du calice
Où le félon doit boire et l'absinthe et le fiel,
Où même le succès ne jette point de miel....

Les Guerres civiles. — Des Adrets.

Hélas ! à ces malheurs, dans nos champs et nos villes,
Vont déjà succéder les discordes civiles.
Sous les derniers Valois, dont le cœur indécis
Flotte du bien au mal, la sombre Médicis,
L'ambitieux Lorrain évoquent la furie
Qui divise en deux camps le sein de la patrie :
Leur tourbe fanatique agite ses poignards,
Les enfants de Calvin lèvent leurs étendards.
Au nom de Dieu, du prince, on pille, on assassine,
On promène partout la guerre et la ruine.
Les soldats huguenots du cruel Des Adrets,
Par la fourbe éclairés, fondent sur le Forez
Sous leur feu, sous leurs coups, la cité qui succombe
Devient l'immense autel d'une affreuse hétacombe
Où, comme les Césars, dans le cirque romain,
Le vainqueur fait couler des flots de sang humain (47).
Des sommets du donjon, il préside au supplice
Du vaincu sans rançon qu'on jette au précipice,
Ou sa cupidité va chercher des trésors,
Aux décombres fumants, sous les débris des morts ;
Mais sa rage surtout, son âpre convoitise
S'attaquent aux saints lieux, à notre chère église,
Les châsses, les autels, renversés et souillés,
De leurs riches métaux sont partout dépouillés,
Et jusques aux tombeaux, de nouvelles harpies
Vont d'un triste butin remplir leurs mains impies.

Enfin, las de frapper, Beaumont et ses suppôts
De la guerre plus loin vont porter les fléaux ;
Des temps moins rigoureux reviennent pour la ville,
Le calme y reparaît, Notre-Dame tranquille,

De ses trésors sacrés rassemble les débris,
De la religion rouvre les saints abris.

La lutte cependant, comme ces incendies
Dont la trace demeure, aux ruines noircies,
Avait partout creusé son sillon désolé
Encore rouge du sang qui sans cesse a coulé.
De ces combats sans fin, dont s'attriste l'histoire,
Jusques au Cloître arrive un écho de victoire.
Mayenne a terrassé, dans les plaines d'Aunau
Les reîtres qu'appelait de Coutras le drapeau,
Et sous l'immense voûte, aux peintures gothiques,
Panthéon blasonné de nos gloires antiques,
Les grands et les bourgeois applaudissent aux jeux
Où Papon célébra ce triomphe douteux
Par des chants de bergers, paisibles représailles,
Pour les coups dont tremblaient encore nos murailles (48).

Cependant de la paix les jours semblent venir;
Les partis sont vaincus, les troubles vont finir;
Sur la France épuisée, un héros populaire
Fait dominer enfin son sceptre tutélaire,
Henri, de la patrie assemble les faisceaux,
Il ordonne l'Etat, il veut guérir ses maux.
De tant de factions la fureur odieuse,
Des chefs ambitieux l'intrigue tortueuse
Décèlent maintenant tous leurs tristes secrets,
Et les déceptions, les dégoûts, les regrets
Achèvent de chasser cet orageux mirage
Où bien des gens de cœur égaraient leur courage.
Heureux alors celui que ces confusions
Laissent homme de bien, qui sous leurs faux rayons,
Démêle le néant des idoles mondaines,
Et sait se délivrer de leurs pesantes chaînes;
Heureux alors le sage, à qui sa piété
Ouvrira le refuge où luit la vérité.

Tel est Anne d'Urfé, le chef de la province (49) :
S'écartant des grandeurs de sa maison de prince,
Où les généreux fils de Vulphe le Vaillant,
Sous l'armet ou l'hermine ont un renom si grand,
Où d'Honoré (50), la voix, la plume poétiques
Illustrent du Lignon les bergers héroïques,
D'Urfé veut obtenir de la religion
L'apaisement du cœur, la consolation ;
A Notre-Dame il vient se mêler au chapitre,
Qui bientôt de doyen lui décerne le titre.

Les Temps modernes.

Ainsi de nobles fils du pays de Forez,
Des grands, des chevaliers, vont s'inscrire aux feuillets
Du vaste livre d'or de notre collégiale.
L'église aime à bénir leur ferveur filiale,
Elle applaudit surtout quand le prêtre au cœur pur,
Un La Mure (51) revêt la ceinture d'azur (52).
Oh ! qu'une douce fête accueille la recrue
Du chanoine aumônier, dont la profonde vue
Sonda patiemment les ombres du passé,
Dont le sage labeur a pour nous amassé
Dans les loisirs du cloître, une immense chronique,
Ces précieux recueils, ce trésor historique
Où nous étudions le monde des aïeux;
Qu'avec bonheur j'ajoute un hommage pieux
Au tribut de respect et de modeste gloire
Qui doit environner sa paisible mémoire.

O La Mure, dis-nous, les titres du pays,
Jean Papon (53), le grand juge, apporte tes écrits,
Et toi, savant Henrys (54), qu'au palais on renomme,
Marcilly (55), Du Verdier (56) et Durret, l'astronome,

Docte et pieux Duguet (57), après les grands héros,
Venez garder la ville, où furent vos berceaux ;
De rechef, la tempête, agitant la patrie,
Sur nos murs ébranlés descend avec furie;
Les jours de la terreur semblent ressusciter
Les temps où Des Adrets venait la visiter.
On croirait, en ces lieux, que tout va se dissoudre,
Comme au faîte des monts balayés par la foudre (58).....
Mais l'éclat du passé, tant d'illustration
N'avaient point vainement brillé sur Montbrison.
Quand l'orage est calmé, dans la cité comtale,
Qui doit garder alors le nom de capitale,
La famille d'Aubrin vient se grouper encor,
Et l'église de Guy, sa gloire, son trésor,
Reste toujours debout, métropole éternelle,
Foyer paroissial de la ville nouvelle.

In Domum Domini ibimus.

Ainsi prévaut le temple du Seigneur !
Allons vers lui, retremper notre cœur;
La douce paix qui règne au sanctuaire
Adoucira notre pensée amère.

Sacrés parvis, vous êtes la cité
Où règne un Dieu dont la juste bonté
Sait soutenir notre humaine faiblesse,
Nous accorder la solide richesse.

Rassemblez-nous sous ses bras paternels,
Et répétez autour de ses autels
L'hymne sans fin de nos tribus unies
Dans le concert de saintes harmonies.

NOTES.

(1) Les inondations de la Loire ont été quelquefois désastreuses; mais il y a là comme à peu près partout le bien à côté du mal. On doit à ces inondations les *chambons* du Forez, alluvions fertiles, composées surtout des détritus volcaniques de la Haute-Loire, dont l'étendue est de 10 à 12,000 hectares, et qui forment la terre promise de l'agriculture du pays.

(2) C'est à Roanne (l'ancienne *Rodomna*), que la Loire commençait, autrefois, à être navigable. Une inscription rappelée par Aug. Bernard *(Description du Pays des Ségusiaves)*, révèle l'existence, à l'époque Gallo-Romaine, d'une administration des *Nautes de la Loire* établie à Roanne. Cette ville devait alors déjà appeler l'intérêt comme point de départ de la navigation; aussi Ptolémée la mentionne, avec *Feurs* la capitale du pays des Ségusiaves.

Par suite de l'établissement (sous Henri IV) du canal de Briare, qui mettait la Loire en communication avec Paris, le port de Roanne a pris encore plus d'importance.

Depuis cette époque, on avait cherché à rendre la Loire navigable au-dessus de Roanne; mais c'est aux travaux de la compagnie La Gardette, autorisée par arrêt du Conseil du 23 mai 1702, que l'on doit d'avoir pu continuer la navigation jusqu'à Saint-Rambert, la grande fabrique de bateaux.

(3) Les pâturages des montagnes du soir et les *jasseries* (vacheries) qu'on y entretient, ont une certaine célébrité, qui se rapporte surtout à la production des fromages du pays appelés *fourmes, formes*, dont il se fait une grande exportation à Saint-Etienne.

Ces fromages (cylindriques) étaient remarqués à l'exposition régionale de Montbrison (21 mai 1857).

Voici ce que disait de nos pâturages et de leurs produits, à la fin du XVIe siècle, Anne d'Urfé, dans sa *Description du Pays de Forez* (manuscrit de la Bibliothèque impériale), publiée par Aug. Bernard *(Les D'Urfé)*.

« Se qui est decouvert de bois sont de très bons paquerages et prairies, dont ils s'enrichissent par le moyen de la nourriture du bestail et les frommageries, y faisant les frommages à la fourme d'Auvergne (auquel elles aboutissent) très bons, et particullierement en un lieu nommé Roche, auquel les frommages ne sedent en bonté à neul aultre lieu que je sache. »

(4) Les mines de Rive-de-Gier ont commencé à être exploitées en 1400.

(5) « L'époque à laquelle la fabrication des armes à feu pour le service militaire fut introduite à Saint-Etienne est fort incertaine, dit M. Alph. Peyret *(Statistique)*. Ce fut en 1516 que François Ier envoya dans cette ville l'ingénieur Virgile, pour y faire fabriquer des arquebuses à rouets et des mousquets. »

Mais la fabrication des armes, et en général l'emploi des métaux à Saint-Etienne, avaient certainement précédé cette époque.

(6) Vers le milieu du xvie siècle, l'italien Gayotti établit à Saint-Chamond des moulins à la *Bolonaise* pour l'ouvraison des soies. Saint-Etienne s'appropria ensuite la fabrication des rubans dont le succès fut tel qu'au commencement du siècle suivant les ouvriers en soie fondèrent, dans l'église de Saint-Etienne, la confrérie de Notre-Dame, avec une rente de 14 livres (Alph. PEYRET).

(7) Avant la construction de Notre-Dame de Montbrison, il n'y avait dans la province du Forez aucune église ayant le caractère d'un centre religieux.

(8) ... *Parvis componere magna.*

(VIRG. *Egl.* I).

Les laboureurs appellent, chez nous, des *scétaires* ces frêles créatures, dont les ébats aériens sont pour eux d'un favorable augure.

(9) La colline autour de laquelle s'étage Montbrison est une des buttes basaltiques, au nombre de trente, qui s'élèvent dans la plaine et au pied des montagnes de l'ouest, comme les soupapes d'un foyer intérieur. La butte de Montbrison présente des caractères volcaniques très prononcés.

(10) La petite chapelle de la Vierge qu'on voyait dans l'enceinte du château, dès le xie siècle, et qui était probablement déjà ancienne.

(11) Montbrison tirerait son nom du culte de *Briso,* divinité infernale qui présidait aux songes, et à laquelle aurait été consacrée la colline, le *mont* qui est aujourd'hui le *Calvaire.*

Fodéré *(Narration historique)* dit que les Romains avaient bâti un .fort *préside* sur cette colline : c'est là qu'ensuite s'étaient groupées les maisons du moyen-âge, au-dessus desquelles dominait le château mentionné au XIᵉ siècle. Mais à cette dernière époque la ville était ancienne déjà, comme le fait remarquer Aug. Bernard *(Hist. du Forez),* car la tradition et l'histoire religieuse font naître, vers la fin du Vᵉ siècle, saint Aubrin, archevêque de Lyon, dans une des maisons de la basse-ville dont l'emplacement est assez éloigné du château.

.(12) Dès la fin du XIᵉ siècle, Montbrison paraît avoir été le séjour le plus habituel des comtes de Forez. « Montbrison que le scauant forézien Papire Masso appelle *caput præfecturæ Forensium,* le chef de la prouince ou prefecture forezienne, est cette ville où les anciens comtes de Forez ont fait leur plus ordinaire sejour, et en laquelle ils ont tellement mis leur complaisance, qu'ils l'ont rendue la principale, la capitale et la maîtresse ville de leur comté, ainsi qu'elle est par eux qualifiée en plusieurs titres, et y ont établi leur suprême officier qui est leur bailly (DE LA MURE). »

Néanmoins, c'est seulement en 1441 que le duc Charles Iᵉʳ (de Bourbon) donna authentiquement à Montbrison le titre de capitale.

(13) Le Père Fodéré raconte *(Narration historique),* « que là où est de présent la ville de Montbrison estoit anciennement un grand pasqueage marescageux et inhabitable, à cause que la riuière de Loyre regorgeoit en ce lieu » (avant les travaux qu'on attribue aux Druides ou aux Romains).

La Loire n'était probablement pour rien dans l'inondation du territoire de Montbrison, à l'époque à laquelle paraît se rapporter le récit du Père Fodéré. Montbrison est à 84 mètres au-dessus des bas-fonds de la plaine et les eaux du fleuve n'auraient pu y regorger qu'après avoir couvert les localités du pays Ségusiave dont l'existence était admise par Fodéré. Mais il est certain que les terrains du Cloître et les berges actuelles de la rivière du Vizézy, sur ce point, sont formés d'amas de sable, qui ont comblé un emplacement occupé par les eaux, et resserré le lit où coule maintenant la rivière. L'église a été, dit-on, fondée sur pilotis, et même encore de nos jours il faut creuser profondément avant de trouver le ferme pour bâtir, dans le Cloître.

(14) Guy IV, fils de Guy III, dit d'*Outre-Mer*, de la seconde race des comtes de Forez; cette seconde race des comtes commence avec Guy Ier, vers les premières années du XIIe siècle.

La première race avait commencé avec Willelme ou Guillaume, à qui Charles-le-Chauve avait confié, vers 871, le gouvernement du Lyonnais, après l'avoir ôté à Gérard de Roussillon. Willelme parvint ensuite à se faire accorder l'hérédité pour son gouvernement.

(15) L'église est sous le vocable de *Notre-Dame-d'Espérance*.

(16) Guy IV avait fait connaître le dessein où il était de bâtir une église importante hors de son château, à son oncle Renaud, archevêque de Lyon et à deux autres archevêques du Dauphiné (Vienne et Embrun), qui étaient venus lui rendre une visite de félicitation. Il fut grandement encouragé dans son projet par ces prélats qui choisirent l'emplacement de l'église (DE LA MURE, — AUG. BERNARD).

(17) La charte de fondation de Notre-Dame, rapportée dans le *Livre des Compositions* des comtes de Forez, fut donnée le 5 juillet 1223, devant l'église de Saint-Julien, de Moind, dont le ressort paroissial s'étendait jusque sur le terrain où fut bâtie la collégiale.

En 1226, les travaux de construction étaient assez avancés pour qu'on pût célébrer dans l'enceinte de l'église les offices divins. Cette année, Guy IV fit placer par son fils, le 23 novembre, la pierre d'honneur de l'édifice.

(18) « Les notables pourront élire six d'entre eux pour prélever l'argent nécessaire, soit pour se clore de murs, soit pour toute autre chose commune dans l'intérêt de la ville; ces répartiteurs feront la répartition à leur gré, et au besoin le chatelain leur prêtera aide pour contraindre ceux qui refuseraient de payer leur cotisation. » (Charte d'affranchissement accordée par Guy IV, en 1223, aux habitants de Montbrison, — citée par DE LA MURE, — AUG. BERNARD).

(19) Voici l'incription de cette pierre qui se voit dans le mur au fond de l'abside, au-dessus de l'autel de l'arrière-chœur, d'après la restitution qu'en a donnée Aug. Bernard (*Journal de Montbrison* des 28 mai et 1er juin 1848),

« Clementis festo, lector, semper memor esto cum semel *mil-*
« *lesimus* biscentesimus quater *quintus* Domini foret annus, ad-
« jecto *sexto,* lapis est primarius hujus ecclesie positus. Guigo
« *quintus,* parvulus infans, mandato pa*tris* comitis, aucto*ritate*
« ecclesie Lugdunensis posuisse refertur. Hunc pater ipse locum
« libere dedit, ope extulit, atque dotavit. Dos *et* modonium, de-
« cima de Veureires et *sexaginta* libre in foro Montisbrusonis. »

(20) Etablissement de l'hôpital et charité près de l'église, 2me
fondation.

(21)«En 1215, (dit Aug. Bernard, d'après De la Mure), à la tête
d'une brillante noblesse, Guy alla faire sa cour au roi Philippe-
Auguste et lui offrit ses services contre Ferdinand de Portugal ;
mais le roi ayant été averti que l'oncle de Ferdinand, vulgaire-
ment nommé le *Bugre* d'Avignon, s'avançait pour fondre sur le
Lyonnais et le Forez, et de là rejoindre les troupes de Ferdinand,
remercia le comte et l'engagea à retourner promptement dans son
pays pour s'opposer au passage du Bugre. Le comte alors rassem-
bla une forte armée dans le Forez, le Lyonnais et les autres pays
où il avait des amis, alla au-devant du Bugre, lui livra bataille le
même jour que Philippe-Auguste livrait celle de Bouvines, et
l'ayant défait et fait prisonnier, le mena à Paris, où déjà son pa-
rent le comte de Flandres (Ferdinand) tenait prison en la tour
du Louvre. »

(22) La charte d'affranchissement donnée par Guy IV, à Mont-
brison d'abord, et successivement aux autres parties de ses domaines, est empreinte d'un admirable esprit de bienveillance et de
justice.
Voici quelques passages de ce document :
Après avoir proclamé l'affranchissement des habitants de Montbrison, Guy IV ajoute :
« Le comte aura soin de leurs intérêts, etc. »
« Si un homme insulte ou maltraite le comte ou son chatelain,
et ne peut trouver de défenseur, le comte ou le chatelain doivent
lui en fournir un d'office. »
« Si une personne se plaint de quelqu'un au comte ou à son
chatelain, ledit chatelain doit travailler de tout son pouvoir à ré-
tablir la paix entre les deux parties sans dépens, si la chose est
possible, sinon il en demandera de très modiques. »

(23) J'ai donné le portrait du comte d'après la statue qui ornait son tombeau et qui nous est restée de ce monument.

« Au milieu du bas chœur où chantent les chanoines et prêtres de ladite église, dit De la Mure, entre l'aigle et le candelabre, lui fut dressé un monument en pierre taillé en relief, élevé de terre de quatre pieds, tout autour duquel sont représentés six hommes affeublés de grands manteaux, semblant de leurs mains soutenir la table sur laquelle est étendue une forme de suaire, et au-dessus est représentée la figure du comte. »

Cette statue mutilée et reléguée ensuite dans un coin de l'église, a été, en 1837, placée dans une niche en plâtras près de la chapelle actuelle de Saint-Aubrin, vis-à-vis du tombeau de Pierre du Vernay, chanoine de l'église Notre-Dame, juge de Forez en 1350, dont elle est une imitation.

J'espère que cette niche est un ouvrage provisoire et qu'un monument plus convénable utilisera le précieux débris que nous avons conservé de l'ancien tombeau de Guy IV.

(24) On me permettra d'employer quelques mots techniques pour indiquer les phases architecturales dans lesquelles s'est accomplie la construction de l'église. — D'abord le gothique primaire y règne dans sa pureté, et successivement le style du xive et celui du xve siècles viennent greffer leurs innovations, leurs ornements sur cette base sévère.

(25) Saint Aubrin , patron de Montbrison, est né en cette ville à la fin du ve siècle; illustré par ses vertus, il devint archevêque de Lyon (le xxviiime), vers le commencement du siècle suivant.

Le comte Guy IV avait fait porter de son château à la collégiale le trésor de reliques, accru par ses successeurs, au milieu duquel brillait la châsse renfermant le corps de saint Aubrin.

La collégiale possédait aussi autrefois des fragments de la crosse d'ivoire et de plusieurs des ornements épiscopaux du saint. « Mais outre ces marques de sa dignité, on void encore, dit De la Mure, *(Astrée sainte)*, parmi ces mêmes reliques, des grandes marques de sa piété, simplicité, humilité et austérité, en la ceinture domestique qu'il portoit, qui est en partie de cuir et en partie d'un tissu de filet ayant au bout pour son fermoir une boucle de corne... »

Après les dévastations qui ont eu lieu à la prise de Montbrison par des Adrets, et à la révolution, l'église Notre-Dame possède encore quelques ossements du Saint, enfermés dans une châsse, et la ceinture de chanvre mentionnée par De la Mure.

La fête de saint Aubrin, pour qui les habitants de Montbrison conservent une profonde vénération, a été fixée, par l'ordonnance de Camille de Neufville, archevêque de Lyon (11 avril 1663), au 15 juillet de chaque année. On continue à la célébrer le dimanche qui suit ce jour. On y porte solennellement les reliques du saint, à la procession de la paroisse Notre-Dame à laquelle assistent comme autrefois les *corps de ville*, et qui fait une station à l'ancienne maison Bois, Grande-Rue, bâtie sur l'emplacement de la maison où saint Aubrin est né.

Je dis que saint Aubrin portait la mitre « du primat Irénée, » d'après De la Mure, qui termine ainsi le chapitre consacré (dans l'*Astrée sainte)* à saint Irénée, successeur de saint Pothin le premier évêque de Lyon : « C'est une gloire très grande aux Gaules d'avoir eu ce saint (Irénée) pour premier primat et spécialement à l'église de Lyon, où il a mis le siège de cette primace, et qu'il a élevé dans ses commencements et presque en son berceau par sa paternelle conduite. »

(26) Vers 1358, la ville et le Forez furent délivrés de la présence des anglais, qui, sous la conduite de Robert Canolle, venaient dans la province « renouveler, dit Froissard, les dégats et désolations étranges comme ils avaient fait dans le Berry. »

(27) La salle de la *Diana* ou du *Doyenné*, bâtie dans le cloître, par Jean Ier, un de nos plus illustres comtes, vers 1300. Les lambris de la voûte et la décoration de cette vaste salle portaient avec les écussons de Jean Ier, ceux des principales maisons auxquelles le comte était allié ou des grandes familles du Forez.

Ce monument, qui était comme la salle des Etats de la province, et qui sert maintenant de grenier à foin et de dépôt pour des marchandises d'épicerie, est dans un état de ruine et d'abandon déplorable.

(28) Louis Ier, comte de Forez, et son frère Jean avaient suivi leur oncle Jacques de Bourbon, comte de la Marche, qui menait une armée contre les *Tard-venus* dont les bandes ravageaient le pays.

L'armée des princes, qui atteignit ces aventuriers à Brignais, près de Lyon (1362), trompée par une ruse de guerre, fut taillée en pièces, Jacques de Bourbon et son fils, gravement blessés, moururent peu de jours après à Lyon, où ils avaient été transportés. Louis de Forez fut tué sur place; son frère Jean II, qui devait lui succéder, put regagner le Forez, mais il tomba en démence par suite du chagrin que lui causa ce malheureux évènement, et mourut sans postérité.

Après lui (1372) commença la troisième race des comtes de Forez dans la personne de Louis II de Bourbon, substitué aux droits de sa femme, Anne, dauphine d'Auvergne, fille de feue Jeanne de Forez, sœur de Jean II, mariée à Beraud, dauphin d'Auvergne. — La douairière Jeanne, mère de Jean II, n'accorda néanmoins son désistement aux droits qu'elle prétendait avoir sur le comté, qu'en 1376.

M. D'Assier de Valenches donne dans les Appendices de son livre des *Fiefs*, de Sonyer du Lac, magnifique volume imprimé chez L. Perrin, de Lyon (1858), un Tableau en forme d'arbre généalogique, où sont résumés d'une manière synoptique pleine d'intérêt, la chronologie des comtes de Forez et l'histoire des changements de leurs races.

(29) En 1377, le comte-duc Louis II et Jean de France, duc de Berry et d'Auvergne, s'étant réunis, défirent les anglais qui tenaient une partie du pays, en un lieu situé entre Roanne et Perreux, près du ruisseau de Rhins, qui garda le nom de *Cimetière des Anglais*.

(30) Construction des murailles et tours de Montbrison, en vertu de la charte de clôture donnée le 23 septembre 1428, par Marie de Berry « ayant pouvoir de Monseigneur » en l'absence de son mari, Jean de Bourbon, comte de Forez, qui était prisonnier des anglais.

(31) D'après la tradition, « il y a beaucoup, beaucoup d'argent dans Sauve-Terre. » Je ne saurais dire au juste comment est composée la fonte de cette précieuse et vénérée cloche; mais il est certain que le choix du métal et la forme de Sauve-Terre, qui pèse environ huit milliers de livres, lui donnent une grande puissance, et que les sons de cette cloche ont une suavité et une pureté remarquables.

Dans sa *Chronique*, M. l'abbé Renon rapporte que M. Morel,

un de nos artistes fondeurs les plus renommés, a manifesté toute son admiration pour Sauve-Terre, qu'il considérait comme un double chef-d'œuvre sous le rapport des proportions et du fini de l'exécution.

Voici le texte de l'inscription que je rapporte, et qui se lit, au milieu des ornements les plus gracieux, sur le cordon supérieur de la cloche :

« Salva terra vocor mea vox sit fulgura pellens Gens Forensis ea laudes Christo que Mariae omnibus sanctis referat terra quoque functos corde pio memoret. »

(32) Vous avez vu ces vieilles cheminées qui se sont resserrées pour faire place dans nos demeures à des distributions nouvelles. Les portes, chez nos pères, étaient solides et bien bardées de fer même à l'intérieur; mais elles n'étaient pas toujours une barrière hermétiquement fermée contre la bise, et la brique dont étaient pavées de vastes salles basses aux étroites fenêtres, était bien froide. On se groupait sous le vaste manteau de l'âtre où brûlaient des arbres entiers, pour braver le mauvais temps et passer les soirées d'hiver. Il y avait dans la maison de mon père une de ces cheminées : là j'allais, tout petit, écouter de pauvres bons voisins qui veillaient comme au foyer du lieu, et qui, pour payer une modeste mais cordiale hospitalité, voulaient bien s'occuper beaucoup des enfants. Les chères traditions du vieux pays s'y déroulaient pour moi avec leur poésie populaire : j'y ai recueilli la légende que je raconte aujourd'hui à mon tour.

(33) Comme l'homme de Boileau, je demande grâce : mais il s'agit ici seulement de quelques *mots du pays* de la famille de ceux que Nodier.... avant d'être académicien, voulait faire écrire au Dictionnaire de l'Académie. — La *traverse* : c'est le *procellosus* des anciens; à Montbrison, au pied des montagnes, ce vent nous donne les orages neigeux, les pluies de l'hiver qui viennent battre avec violence les maisons tournées à l'ouest et qui, au-dessus de la ville, sont des neiges abondantes.

(34) L'église de Verrières, dont le curé était à la nomination du chapitre de Lyon.

(35) Le bourg et l'ancien château d'Ecotay sont à 3 kilomètres de Montbrison, et, par le vieux chemin, Verrières serait à 5 ki-

lomètres seulement d'Ecotay; mais, dans ce pays accidenté, par le mauvais temps, la distance s'allonge pour le voyageur.

(36) Les montagnes qui séparent le Forez de l'Auvergne sont un prolongement des Cévennes.

(37) Le pilier de la justice du baron d'Ecotay était à l'entrée du village, sous les murs du château, non loin de la modeste maison du tabellion qui existe encore.

(38) Le marchand promit « autant pesant que lui et sa mule de cire pour le luminaire de Notre-Dame, et la fondation d'une messe. »

(39) D'après la tradition, il y a eu longtemps sur ce rocher la marque du fer de la mule, et le trou qu'on y voit encore est celui qui a été creusé par le bâton du marchand sur lequel ce dernier s'appuyait pour sortir du gouffre.

L'endroit où le drame légendaire que je raconte s'est accompli, a gardé le nom de *Pas-de-la-Mule;* la route y passe actuellement, tout auprès du rocher même qui en conserve la trace, et dont elle était autrefois un peu éloignée.

(40) La messe annuelle fondée par le marchand, et qu'on appelait *messe de la mule,* a été célébrée jusqu'à la révolution : plusieurs de nos vieillards m'ont dit y avoir assisté.

(41) On sait que le Forez, compris dans les grands domaines de la maison de Bourbon, dont le connétable fut dépouillé, passa d'abord aux mains de Louise de Savoie, mère de François Ier. Après un semblant de restitution au jeune prince de la Roche-sur-Yon (en 1530), accompli pour obéir à la lettre du traité avec Charles-Quint, il fut passé outre. Louise de Savoie fit ensuite don au roi du comté de Forez, qui fut uni à la couronne en 1531, et, en 1536, François Ier vint lui-même en Forez faire acte de possession.

Il arriva, le 25 avril, avec ses enfants et la reine Eléonor d'Autriche « dans la ville de Montbrison, capitale dudit comté de Forez, en laquelle ville, accompagné de la cavalcade et infenterie d'icelle, qui le fut prendre à Saint-Rambert. Il y fut reçu à la porte qui y est dite de Saint-Jean, où le poyle luy étant présenté par les consuls de ladite ville, nommés depuis échevins, il fut conduit dessous, au bruit des acclamations du peuple, au beau cloistre de l'église collégiale de Notre-Dame dudit lieu, en la

première maison canoniale, qui est en entrant (du côté du pont),
et qui étoit lors occupée par messire Pierre Paparin, sacristain
et chanoine de ladite église, duquel les armes paroissent en relief
au-dessus de la porte de cette maison, laquelle fut prise pour le
logis du roy, et les autres dudit cloistre pour la rayne Eléonor
d'Autriche, et pour MM. les enfants de France (DE LA MURE, AUG.
BERNARD). »

. Le roi, le lendemain de son arrivée, se rendit à la collégiale
pour assister à la messe, et il y reçut « l'aumusse de chanoine sur
le bras, qui luy fut présenté par le doyen, pour marque qu'en
qualité de comte de Forez il étoit le premier chanoine honoraire
de cette église, comme il en étoit le patron. »

Avant son départ de Montbrison, où il resta seize jours, François Ier donna à Notre-Dame le titre d'église royale.

(42) Claude d'Urfé....., « conseiller, écuyer et chambellan ordinaire du roi, chevalier de son ordre, lieutenant des cent gen-
tilshommes de sa maison, son ambassadeur au Saint-Siège et
concile de Trente, surintendant de sa maison et du dauphin, gou-
verneur du dauphin et enfants de France, capitaine de cent
hommes d'armes, bailli de Forez, capitaine de Montbrison.

. Ce fut un grand honneur pour Claude d'Urfé d'avoir été appelé
à représenter le roi de France au Concile de Trente, et il m'a
semblé convenable de ne pas le passer sous silence ; mais je crois
devoir aussi faire observer que l'illustre bailli de Forez fut élevé
aux fonctions d'ambassadeur, seulement dix ans après le passage
de François Ier à Montbrison (Voir les D'Urfé d'AUG. BERNARD).

C'est Claude d'Urfé qui a fait faire l'admirable chapelle qu'on
voit encore au château de la Bâtie.

(43) Sans être trop sévère pour lui-même, François Ier aurait
pu découvrir encore bien d'autres sujets peut-être de regrets dans
sa vie ; mais on assure que c'est surtout à la violation commise
au tombeau de saint Martin de Tours, que le roi attribuait ses
malheurs.

François Ier s'était fait recevoir abbé et chanoine de l'église de
ce nom, comme les rois ses prédécesseurs, et il avait promis en
cette qualité d'être le protecteur de l'abbaye. Cependant cette
promessa ne l'inquiéta guère, et au mois de juillet 1522, il fit en-
lever le treillis d'argent qui fermait le tombeau de saint Martin,
pour l'envoyer à la monnaie. Ses agents avaient même procédé

avec une violence si grande, qu'on n'épargna pas les arquebu-
sades aux pauvres chanoines qui avaient tenté sinon de s'opposer
à cet enlèvement, au moins d'en dresser procès-verbal.

« Peu de temps après, dit l'abbé Gervaise *(Vie de saint Martin)*,
ayant porté ses armes dans le Milanais, et mis le siège devant
Pavie, il y fut abandonné des siens, son cheval fut tué sous lui
dans la retraite, lui-même fut dangereusement blessé et arrêté sur
les terres que Charlemagne avait données à l'église de Saint-
Martin. Il reconnut alors, mais trop tard, que ce n'était pas sans
raison que Clovis avait dit autrefois qu'il n'y avait pas lieu de se
promettre la victoire de ses ennemis, après qu'on avait offensé
ce grand saint. Louise de Savoie sa mère, à qui il avait laissé la
régence pendant son absence, sitôt qu'elle eut reçu la nouvelle
de la prise du roi, vint, avec les princes enfants de France, au
tombeau du Saint implorer secours, et tâcha de réparer par les
présents qu'elle y laissa, l'injure qui lui avait été faite. Le roi lui-
même n'eut pas plustôt recouvré sa liberté qu'il y vint avant
d'aller à Paris, pour lui en faire une espèce de satisfaction. La
colère de Dieu éclata d'une manière bien plus sensible contre la
personne de Jacques Furonier, seigneur de Semblançai, qui avait
été l'auteur d'une si méchante action; car, cinq ans après, le
même jour que le treillis avait été enlevé, sur une fausse accu-
sation, il fut condamné à être pendu, et il le fut en effet quelques
jours après, à Montfaucon, dans le fief du prieuré de Saint-Mar-
tin-des-Champs. »

(44) Les pestes, qui avaient causé de grands ravages dans la
ville de Montbrison et le Forez.

(45) Charles de Bourbon-Montpensier, né en 1489, si célèbre
sous le nom de Connétable, était devenu comte de Forez, en qualité d'héritier des droits de sa maison sur la succession de la
branche aînée de la famille, et comme ayant recueilli ceux de sa
femme Suzanne, fille de Pierre II (mort en 1503) et de Anne de
France, fille de Louis XI. Son mariage avait eu lieu en 1505;
14 ans après, la mort de la duchesse Suzanne ouvrait le champ
aux vues de Louise de Savoie, mère de François Ier, qui devint
l'ennemie du connétable, n'ayant pu se faire aimer de ce prince
qu'elle avait aimé, dit-on, elle-même éperduement, et dont elle
aurait voulu devenir la femme.

On sait comment le connétable, en bute aux intrigues de la

mère du roi, découragé par les injustices, menacé de se voir dé-
pouiller de ses biens, oublia son glorieux passé et son devoir
pour céder aux propositions de Charles-Quint. Auprès de l'ennemi
de son pays, le connétable ne trouva que les déceptions et l'in-
gratitude, et bientôt réduit, pour conserver un reste de puissance,
à rester, comme un chef d'aventuriers, à la tête de troupes qu'on
ne payait point, il mena ses soldats au siège de Rome dont il
leur promit le pillage. Frappé en montant le premier à l'assaut,
il mourut le 6 mai 1527, à 38 ans.

Le corps du connétable fut transporté à Gaëte, au royaume de
Naples, où il lui fut érigé un tombeau avec cette épitaphe :

« Consiliis Calcas, animo Hector, robore Achiles, eloquio Nes-
tor, jacet hic Borbonius heros. »

C'est l'inscription que j'ai essayé de rappeler; quelques auteurs
donnent autrement le texte de l'épitaphe qui, selon Moreri, aurait été rédigée en espagnol, et conçue ainsi :

« Francia me dio la se che

« Espana suerte y ventura

« Roma me dio la muerte

« Y Gaîetta la sepultura. »

(46) L'insigne de la puissance du connétable était une *épée
d'armes ayant le manche d'or*, émaillée de fleurs de lys.

Le fidèle secrétaire du connétable, Marillac, dans son intéres-
sante *Histoire*, citée par Laval *(Desseins des professions nobles et
publicques)*, rapporte que « monseigneur Charles de Bourbon, au
repas qui suivit le sacre, servit de connetable au dîner du roy, en
pleine salle de l'hôtel de Reims, c'est à savoir demeura debout
tenant l'épée nue au poing toute droite, sans soy bouger. »

(47) Le 13 juillet 1562, François de Beaumont, plus connu sous
le nom de baron des Adrets, accompagné des seigneurs De Pon-
cenat, Blacon, Pizey, Cice et autres capitaines huguenots, avec
vingt à vingt-cinq enseignes, quatre mille hommes à cheval ou
de pied, et de l'artillerie, vint du côté du parc assiéger Montbrison.

La ville avait une garnison commandée par les capitaines Moncelar, Cunières, Chalmazel, Duchiez, Magnieu-Haute-Rive; mais
dès le lendemain, à 7 heures du soir, Des Adrets y pénétrait par
une brèche faite à coups de canon « à la porte appelée la Poterie,
estant au cloistre Notre-Dame. »

« Ce soir et le lendemain mercredy, dit Jean Perrin, dans ses mémoires rapportés par Aug. Bernard (*Hist. du Forez*), ils occirent de six à sept cens hommes, tant des habitants de la ville que des soldats qui y estoient sous les capitaines susdicts, mesmes monsieur messire Jean Regis, chantre et chanoine de l'église Nostre-Dame ; monsieur messire Anthoine Clepé, seindiq du pays et advocat au bailliage ; monsieur messire Jean Chanal, docteur en médecine ; maistre Jean du Crozet, notaire ; Benoist Prala, cordonnier ; Simon L'Hæritier, aussy cordonnier ; Venerand Mure, mareschal ; Denys Geoffrey, fils et hæritier feu monsieur le lieutenant Geoffroy ; Jean du Merley ; Jean Bayen, sergent royal en l'élection, touts habitants de Montbrison, et bruslerent les portes Saint-Jean et de Moing, et trois maisons adjacentes à la porte d'Escotay. (Une autre version dit : Ils mirent petard à la porte d'Escotay et de la Croix.)

« Ledict jour de mercredy, environ my-jour, ils firent sauter et précipiter en bas de la tour du donjeon au jardin qui estoit à feu monsieur de Jaligny les capitaines Moncelar, Duchiez et Cuniesres, estants d'auprez de Roanne ; un prestre (de la Madelaine) nommé messire Saulter ; le protonotaire Chenillat, nepveu à monsieur de Chasteaumorand ; monsieur de la Roche ; Estienne Marion, fils de maistre Anthoine Marion, notaire de Saint-Just-en Chevalet, et aultres soldats, jusques au nombre d'onze ou treize. Les aultres capitaines, habitants de la ville et soldats qui ne moururent, se sauverent, les uns par le moyen des amys qu'ils eurent en la compagnie dudict baron (comme fit monsieur de Chalmazel) et en payant rançon, et les aultres par fuitte.

« Ils saccagerent pareillement toutes les maisons et pillerent toutes les églises, chassant et tuant les prestres, ruinant les autels et images, et quelques jours après commancerent à faire venir ministres, et prescher en l'église Nostre-Dame.»

Aug. Bernard rapporte ainsi l'anecdote dont le sommet du donjon aurait été le théâtre lorsque Des Adrets faisait précipiter en bas de cette tour ses prisonniers.

« Des Adrets reprochant son manque de courage à un de ces malheureux qui hésitait à se précipiter au bas du donjon, lui dit : « Eh quoi, te faut-il deux élans pour ce saut ? » — « Seigneur, je vous le donne en dix » répondit celui-ci sans se déconcerter. Cette preuve de présence d'esprit, dans un moment aussi critique, plut tellement à Des Adrets qu'il accorda la vie à ce soldat, ou cordelier, selon d'autres. »

(48) Louis Papon, chanoine de Notre-Dame de Montbrison, seigneur et prieur de Marcilly, né en 1535, fils de Jean Papon, lieutenant-général au bailliage de Montbrison, fit jouer en 1588, dans la salle de la *Diana*, une *Pastorelle* en vers, où il célébrait la victoire d'Aunau.

Le manuscrit de ce poëme, écrit sur vélin, de la main de l'auteur, orné de figures enluminées et dorées, se trouvait à la bibliothèque Harleïenne de Londres. M. le comte de Persigny, ambassadeur de France, en a fait faire, pendant son ambassade, une magnifique copie qu'il a donnée à la bibliothèque de la ville de Montbrison.

Cette copie, qui est pour la bibliothèque de Montbrison un précieux joyau, a été reproduite dans la publication des *OEuvres de Loys Papon*, due à l'un de nos plus éminents bibliophiles, M. Yemeniz, de Lyon, imprimées en 1857, chez L. Perrin, l'imprimeur artiste de nos provinces.

(49) Anne de Lascaris d'Urfé, fils aîné de Jacques Ier d'Urfé et de Renée de Savoie, né en 1555. Après avoir occupé dans le pays la haute position qui semblait héréditaire pour sa famille, et joué un rôle important dans les guerres religieuses auxquelles mit fin l'avènement d'Henri IV, Anne se dégoûta du monde et résolut de finir ses jours dans la retraite.

Pour accomplir son dessein, il fit rompre son mariage avec Diane de Châteaumorand, qui fut épousée ensuite par Honoré d'Urfé; il se démit de sa charge de bailli de Forez dont il avait été pourvu en 1574, et qui fut remise à son frère Jacques d'Urfé (1599); il refusa le collier de l'ordre du Saint-Esprit que lui avait envoyé Henri IV, et entra dans l'église. Il devint, dans ce nouvel état, vicaire-général (deçà les monts) du cardinal prince Maurice de Savoie, — chanoine comte de Lyon, — chanoine et doyen de l'église collégiale et royale de Montbrison (1604). Plus tard (1611), Anne d'Urfé résigna encore cette dignité, « voulant achever comme un simple ecclésiastique » sa vie qui se termina en 1621.

(50) Honoré d'Urfé, le cinquième des six fils de Jacques Ier, naquit le 11 février 1568. Honoré dit lui-même qu'il a passé les premières années de sa jeunesse sur les bords du Lignon, où il est revenu à plusieurs autres époques de sa vie, au château de la Bâtie, agréable habitation dont sa famille préférait le séjour à celui de la vieille forteresse féodale d'Urfé.

Après avoir publié les *Epistres morales* en prose, le *Sireine*, la *Savoisiade*, poëmes, etc., Honoré donna, en 1610, le premier volume de l'*Astrée*, ce roman célèbre qui eut une si grande importance dans notre littérature et qui ne fut pas sans influence dans l'ordre politique, à l'époque où il parut.

Honoré d'Urfé, qui avait marqué parmi les plus persévérants ligueurs, se retira en Savoie où il portait le titre de « chevalier du grand ordre de Savoye, colonel des gardes de Son Altesse de Savoie, » et mourut à Gênes, le 1er juin 1625. Il prenait les noms de baron de Châteaumorand, marquis de Valromey.

Le dernier fils de Jacques Ier était Antoine d'Urfé, prieur de Montverdun, évêque nommé de Saint-Flour, et abbé de la Chaise-Dieu; il fut pris et tué pendant les dernières guerres religieuses par un parti de ligueurs (1589 ou 1593), près de Villeret, où il passait en venant de Paris pour se rendre à la Bâtie (Voir les *D'Urfé*, d'AUG. BERNARD).

(51) Jean-Marie De la Mure, prêtre, docteur en théologie, chanoine et sacristain de l'église collégiale et royale de Montbrison, prieur dans les ordres militaires de Notre-Dame du Mont-Carmel et de Saint-Lazare, conseiller, aumônier et historiographe du roi.

En 1654, De la Mure était sacristain de la collégiale; il faisait paraître à cette date un opuscule sur le *Prieuré des dames religieuses de Beaulieu*, et *Sainct Paul priant après sa conuersion*, qui seraient ses premiers ouvrages imprimés.

Alors déjà il devait avoir réuni beaucoup de documents et préparé les travaux que nous connaissons. Ses livres imprimés, dont les plus importants sont : l'*Histoire ecclésiastique du diocèse de Lyon* (Lyon, Gautherin, 1671), l'*Histoire universelle civile et ecclésiastique du pays de Forez* (Lyon, P. Compagnon, 1674), avaient fait revivre le passé du pays et assuré à leur auteur une juste illustration parmi les écrivains érudits de son temps. A ce relief s'ajoutait la vénération pour sa piété, son caractère et la bonté qui se manifeste dans ses œuvres; mais le sentiment de reconnaissance et d'affection que nous éprouvions pour le père de notre histoire se serait accru encore, s'il avait été possible, lorsque nous avons connu toute l'importance des travaux patiemment consacrés par De la Mure à son pays.

En 1835, M. Aug. Bernard, qui publiait son *Histoire du Forez*, découvrit à Auxerre plusieurs ouvrages de De la Mure, manuscrits dont la publication avait été probablement arrêtée par la mort de l'auteur et qui avaient passé, à la révolution, de la bibliothèque du château de Thorigny, près de Sens, appartenant à M. De la Valette, marquis de Maubec, dans celle du chef-lieu de l'Yonne. Ces manuscrits se composaient de :

Histoire des ducs de Bourbon et des comtes de Forez (qui est la suite de l'*Histoire du Forez* imprimée, de De la Mure), 2 v. in-fol.

Trois volumes in-fol., *Documents*, dont une partie serait écrite de la main de De la Mure.

Trois volumes in-fol. Pièces concernant l'appel de l'*Arrière-ban* de Forez.

Un *Cartulaire* du xive siècle, — un Recueil extrait (abrégé du *Livre des compositions*) des actes faits au bénéfice des comtes de Forez, de leurs donations, — etc.

M. Aug. Bernard s'adressa à M. Guizot, alors ministre de l'instruction publique, afin d'obtenir pour Montbrison ces ouvrages et documents. Le ministre indemnisa la ville d'Auxerre, donna satisfaction à la demande de M. Aug. Bernard, dont le zèle et les démarches ne sont point oubliés à la bibliothèque de Montbrison, et les précieux manuscrits de De la Mure vinrent enrichir cet établissement.

M. R. de Chantelauze, qui a obtenu pour cela l'autorisation du conseil municipal et de M. le Maire de Montbrison, s'occupe en ce moment de la publication de l'un de ces manuscrits : l'*Histoire des ducs de Bourbon et des comtes de Forez*, en deux volumes in-4°, imprimés chez L. Perrin, à Lyon.

(52) M. l'abbé Renon mentionne dans une note de sa *Chronique*, le portrait d'un chanoine, M. Jean de Punctis, qui était représenté avec une ceinture bleue. Il résulterait de la note que la ceinture de cette couleur était l'insigne distinctif des chanoines de la collégiale sur leur costume ecclésiastique.

(53) Jean Papon, lieutenant-général au bailliage de Forez, surnommé le *Grand*, le *Grand Juge de Forez*, né à Crozet, en Roannais, en 1505, mort en 1590, les ouvrages de J. Papon les plus importants sont : le *Recueil d'Arrêts notables*, les *Trois Notaires*, *In Borboninias consuetudines commentaria*.

(54) Claude Henrys, avocat du roi au présidial et au bailliage de Montbrison, né en cette ville au commencement du xviie siècle,

mort en 1662, auteur de *Recueil d'Arrêts, Plaidoyers, Arrêts et Harangues, L'Homme-Dieu.*

(55) Voir la note 47.

(56) Antoine du Verdier, seigneur de Vauprivas, né à Montbrison en 1544, mort en 1600, conseiller du roi, gentilhomme ordinaire de sa chambre, auteur de la *Prosographie*, ou Description des personnages insignes, la *Bibliothèque Française*, les *Omonimes*, poëme satyrique, etc.

(57) Nicolas Durret, cosmographe du roi, né à Montbrison en 1590, auteur de plusieurs ouvrages d'astronomie, et de géométrie.

(58) Jacques - Joseph Duguet (l'abbé), né à Montbrison en 1649, mort en 1733, auteur de l'*Explication de l'ouvrage des six jours*, des Commentaires sur les livres saints, de l'*Institution d'un Prince*, et d'un grand nombre d'ouvrages de science religieuse ou de morale. Duguet est un des hommes qui ont été le plus estimés pour leur sage érudition et leurs vertus.

(59) La ville de Montbrison était alors presque abandonnée : après la division du département de Rhône-et-Loire, Feurs fut momentanément choisi pour chef-lieu de la Loire; les autorités du district (arrondissement) furent installées à Boën. Mais par suite du décret du 19 vendémiaire an IV, la punition politique dont avait été frappé Montbrison cessa, le chef-lieu administratif et judiciaire du département fut établi en cette ville. Montbrison a conservé, comme on sait, la position qui lui fut alors faite jusqu'en 1855, où le siège de la préfecture a été, par décret du 25 juillet, transférée à Saint-Etienne.

(60) Notre - Dame fut rendue au culte au mois de mars 1803, comme église paroissiale.

La commune de Montbrison avait été divisée, après le Concordat de 1801, en deux circonscriptions religieuses : 1° la paroisse Notre-Dame (ancienne paroisse Saint-André, une partie des paroisses de Savigneux et la Magdeleine, et l'annexe Sainte-Anne); 2° la succursale Saint-Pierre, érigée depuis en paroisse (ancienne paroisses Saint-Pierre et la Magdeleine, une partie de celle de Savigneux).

www.ingramcontent.com/pod-product-compliance
Lightning Source LLC
Chambersburg PA
CBHW061708180626
46818CB00003B/1304